Hannah Laerkin

Giraffe und Wolf schließen Freundschaft

Dialoggeschichten mit gewaltfreier Kommunikation

Giraffe und Wolf schließen Freundschaft

Von Hannah Laerkin

Buchbeschreibung:

Kurze Dialoggeschichten zwischen Giraffe, Wolf und anderen möchten humorvoll ein wenig in die gewaltfreie Kommunikation einführen und bei dem/der LeserIn Interesse an dieser wunderbaren Gesprächsform wecken.

Über die Autorin:

Hannah Laerkin ist ein Pseudonym.

2018 wurde ihr Roman **Zwischen Tränen und Einsamkeit, Nähe und Verbundenheit** veröffentlicht, in dem es um Depressionen und die unbewusste Weitergabe dieser an die nächste Generation geht.

Giraffe und Wolf schließen Freundschaft

Dialoggeschichten

Von Hannah Laerkin

Bibliografische Information der Deutschen Nationalbibliothek:

Die Deutsche Nationalbibliothek verzeichnet diese Publikation in der Deutschen Nationalbibliografie, detaillierte bibliografische Daten sind im Internet über http://dnb.dnb.de abrufbar.

1. Auflage, 2019

© 2019 Hannah Laerkin - alle Rechte vorbehalten

Umschlaggestaltung: Hannah Laerkin

Herstellung und Verlag:
BoD – Books on Demand, In de Tarpen 42, 22848 Norderstedt

Hannah Laerkin

Giraffe und Wolf schließen Freundschaft

Dialoggeschichten
mit gewaltfreier Kommunikation

Für alle Freunde der gewaltfreien Kommunikation und diejenigen, die es werden wollen.

Vorwort

Marshall B. Rosenberg, der Begründer der gewaltfreien Kommunikation, sah in der Giraffe das Symbol für die oben genannte Herzenssprache, da sie das Landtier mit dem größten Herzen ist. Sie hat eine passende, offene, souveräne Haltung gegenüber ihren Gesprächspartnern, ist mitfühlend mit sich selbst und anderen. Für sie gibt es kein pauschales entweder – oder, richtig oder falsch, sondern ein sowohl – als auch. Alles darf mit- und nebeneinander existieren.

Der Wolf hingegen als Symbol für die Elternsprache in unserer Kultur möchte sich durchsetzen, Recht haben, andere mit Belohnung und Strafe erziehen. Das ruft Widerspruch hervor und orientiert sich nicht an den Gefühlen und Bedürfnissen, die jeder Mensch hat.

Ich bin in einer schweren Lebenskrise mit der gewaltfreien Kommunikation in Kontakt gekommen und bin bis heute fasziniert von dieser positiven Gesprächsform. Ich habe versucht, durch die Geschichten Klarheit, Leichtigkeit und Freude zu den Lesern und Leserinnen zu bringen und wünsche mir ein bisschen Neugier für die Anwendung oder zumindest erste Beschäftigung mit dieser Form der Kommunikation.

Hannah Laerkin,
im Mai 2019

1. Wolf und Giraffe im Wald

Wolf und Giraffe treffen sich nach langer Zeit zufällig an einer Lichtung des Waldes. Die Sonne scheint.

Wolf: »Na Giri, altes Haus, lange nicht gesehen. Was treibt dich denn hierher?«

Giraffe: »Hallo lieber Wolf, ich freue mich wirklich, dich nach so langer Zeit einmal wiederzusehen und hoffe, dass wir heute und vielleicht auch später in Kontakt treten und bleiben können. Mir würde das gefallen. Was meinst du dazu?«

Wolf: »Weiß nicht so recht. Du bist doch das Tier mit dem größten Herzen, du wirst von vielen geliebt, was man von mir nicht gerade sagen kann. Vor mir haben viele Menschen Angst, manchmal auch zu Recht. Ich bin gerade auf der Jagd nach Ziegen und Schafen, die sollen hier in Scharen rumlaufen! Ich habe so einen Hunger! Ich sehe schon, wie sie vor Angst vor mir erstarren und zittern! Ha, das macht mich lebendig! Ich fresse leidenschaftlich gern. Blöderweise bin ich deswegen aber auch ziemlich einsam und auf dich bin ich neidisch mit deinen vielen Freunden. Irgendwie gönne ich dir dein schönes Leben nicht. Und dann noch dein Bio-Vegetarier-Getue. Bäh, Blatt- und Körnerfresser!«

Giraffe: »Wenn ich dich so reden höre, macht mich das ganz traurig. Die Suche nach Nahrung und das Stillen unseres Hungers haben wir gemeinsam. Ich glaube, du benötigst ganz viel Verständnis, Annahme und Wertschätzung. Ist das so?«

Wolf: »Ja, auch wenn ich es ungern zugebe. Immer wenn ich dich treffe, sagst du das Richtige. Kannst du auch mal was falsches sagen oder tun?«

Giraffe: »Ach, lieber Wolf. Ich habe gelernt: es gibt kein richtig oder falsch. Das sind Maßstäbe, die von anderen festgesetzt werden. Die untergraben meine Eigenmotivation, in Verbindung mit dem anderen zu treten. Ich versuche, das Leben anderer zu bereichern. Du kannst mir glauben, dass mir das nicht immer gelingt. Ich freue mich einfach, wenn ich andere unterstützen kann.«

Wolf: »Hast du denn dabei n e Hintergedanken? Wenn ich etwas gebe, erwarte ich, dass ich das eins zu eins zurückbekomme. Sonst bin ich sauer und lasse das den anderen spüren, indem ich irgendwelche Andeutungen mache, damit er kapiert, dass ich sauer bin, weil ich nicht bekomme, was mir zusteht! Jawohl!«

Giraffe: »Lieber Wolf, für mich ist das eine Herzenssache. Ich freue mich auch, wenn ich etwas bekomme, dann feiere ich das Leben und bin begeistert. Wenn ich höre, was du sagst, bist du dann enttäuscht von den anderen Wölfen und wünschst dir Vertrauen und inneren Frieden?«

Der Wolf wird langsam ruhiger und entspannt sich.

Wolf: »Du hast den Nagel auf den Kopf getroffen! Meine Güte, Giri, du verstehst mich. Kann ich dich mieten?«

Giraffe: »Nein. Ich kann dir meine Freundschaft anbieten, dich unterstützen, wenn du Hilfe brauchst und wir können zu unserem gegenseitigen

Wohlbefinden beitragen. Was hältst du davon?«

Wolf: »Ich bin begeistert! Das machen wir! Ach du heiliger Gesangsverein. Schau mal, wer da kommt. Batman in der Flederhose!«

Im Wald ist es dunkel geworden. Ein großer Vampir erscheint sehr aufgebracht auf der Lichtung. Er zieht einen kleinen Wolf an den Ohren hinter sich her. Der kleine Wolf heult und hat Blut an der Schnauze.

Wolf: »Batman und Wolfram, mein Söhnchen. Was hast du wieder angestellt?«

Batman: »Dein missratener Sohn Wolfram hat mir mein frisch gezapftes Blut geklaut. Wenn er das noch einmal tut, verwandle ich ihn in einen Wolfsuntoten und dann....«

Wolf: »Das ist doch kein Grund, sich so aufzuführen, Batman. Wolfram, ich frage dich, warum machst du das?«

Wolfram: »Papi, ich wollte doch nur ein bisschen Blut trinken, weil es so gut schmeckt. Da war gerade keiner und aus dem Hals der Frau, die auf dem Rasen lag, schoss das Blut heraus und ich dachte, ich nutze die Gelegenheit und habe einfach getrunken.«

Batman: »Du kannst nicht einfach das Blut, das ich für mich alleine brauche, ohne meiner Erlaubnis trinken. Machst du das immer so? Du kannst Wasser trinken, nervige Kreatur!«

Wolf: »Hör auf, meinen Sohn zu beleidigen.«

Jetzt mischt sich die Giraffe ein, nachdem sie das Geschehen zwischen den dreien beobachtet hat.

Giraffe: »Ich möchte jetzt zu einem wohlwollenden Miteinander unter uns allen beitragen.«

Die anderen drei verdrehen genervt die Augen.

Wolf: »Immer dieses geschwollene Gelaber! Wie nennt man das? Gewaltfreie Kommunikation?«

Giraffe: »Ja. Lieber Wolf, lieber Wolfram und lieber Batman. Ihr steht hier auf dem Gras dieser Lichtung und sprecht miteinander. Ich bin bestürzt, betroffen, unzufrieden und traurig, weil ich gerne Frieden und Harmonie mit und unter euch spüren und dazu beitragen möchte, dass dies gelingt. Wenn ich höre, was ihr sagt, wollt ihr alle respektiert werden, so wie ihr seid, Vertrauen zueinander aufbauen und Verständnis gegenüber den anderen zeigen? In unserer kleinen Gemeinschaft hier versuchen wir, Rücksicht aufeinander zu nehmen. Nahrung ist genug für jeden von uns vorhanden. Wir akzeptieren und schätzen unsere individuellen Eigenarten so, wie wir sind, auch wenn es dabei Unterschiede gibt. Konflikte wird es immer geben. Mit Respekt, Wertschätzung und Ehrlichkeit versuchen wir, diese zu lösen. Seid ihr alle bereit, das Leben mit mir zu feiern und so zu Frieden und Harmonie beizutragen?«

Wolf, Wolfram und Batman: »Ja, das sind wir.«

Wolfram: »Feiern wir jetzt das Happyend?«

Wolf, Batman und Giraffe: »Ja, lasst uns gleich zum Rudelsingen treffen! Wolfram, du spielst Schlagzeug und Batman Keyboard!«

Alle zusammen: »Das wird spaßig und so können wir das Leben feiern! Und dann kommen noch viel mehr Tiere und Gestalten und freuen sich mit uns! Bis gleich!«

2. Giraffe und Wolf im Schnee

Wolf und Giraffe treffen sich zwei Wochen nach ihrer zufälligen Begegnung wieder auf der Lichtung im Wald. Es schneit.

Wolf: »Brrr, ist das kalt hier. Ich kann dich vor lauter Schnee kaum erkennen, Giri. Dein Hals ist auch noch so hoch. Hast du Lust, ein bisschen spazieren zu gehen, damit uns wärmer wird?«

Giraffe: »Ich freue mich über den Schnee und auch über einen Spaziergang mit dir, damit uns beiden wärmer wird und wir die Schönheit in den glitzernden Schneekristallen genießen können. Schau mal, die Flocken fliegen direkt in mein Maul und ich nähre mich mit dieser Flüssigkeit.«

Wolf: »Du redest schon wieder so giraffisch. So langsam finde ich es ja ganz nett. Jetzt ist alles weiß und nichts mehr grün und farbig. Auf Dauer ist mir das zu kalt. Weißt du was? Neulich wollte mich doch tatsächlich ein Mensch als Schlittenhund missbrauchen. Da bin ich ganz schnell geflüchtet.«

Giraffe: »Sieh es doch mal so. Als Schlittenhund könntest du die Menschen dabei unterstützen, frische Luft zu tanken, indem sie sich, im Schlitten sitzend, geborgen in warme Decken eingehüllt, dem Zauber des Winters hingeben können.«

Wolf: »Na toll! Ich ziehe den Schlitten, bis mir die Zunge aus dem Hals hängt vor lauter Erschöpfung und danach bekomme ich vielleicht ein bisschen Wasser und werde mit den anderen

Wölfen irgendwo eingesperrt bis zur nächsten Schlittenfahrt, damit sich die Menschen bloß nicht selbst bewegen müssen.«

Giraffe: »Also bist du erschöpft und ausgelaugt nach solch einer Schlittenfahrt und traurig, weil die Menschen deine Anstrengung weder sehen noch wertschätzen?«

Wolf: »Genau. Allerdings habe ich noch nie einen Schlitten mit Menschen gezogen.«

Giraffe: »Wolf, also wirklich! Ein bisschen Ehrlichkeit würde dir guttun.«

Wolf: »Ich bin eben authentisch! Ha, das Wort habe ich von dir gelernt!«

Die Giraffe versucht, sich durch ein Mantra von den Äußerungen des Wolfes abzulenken.

Giraffe: »Nikolausi, Osterhasi, Nikolausi, Osterhasi, Nikolausi, Osterhasi, Nikolausi, Osterhasi, Nikolausi, Osterhasi, Nikolausi, Osterhasi.«

Wolf: »Was redest du denn da? Oh. Schau mal, wer dort kommt. Das ist doch der Osterhase!«

Giraffe: »Es ist Winter und es schneit. Der Osterhase hat zwei sehr lange Ohren und das da vorne sieht aus wie ein Mensch mit einer roten Bischofsmütze. Das ist der Nikolaus!«

Wolf: »Ist doch egal, ob Nikolaus oder Osterhase. Das kann ich mir nicht alles merken! Hallo Niko, was schleppst du denn da mit dir rum?«

Nikolaus: »In meinem großen Sack sind lauter Schokoladennikoläuse, Mandarinen, Nüsse und vieles mehr. Ich werde sie unter den Menschenkindern verteilen, damit sie sich daran erinnern, dass es mich einmal gegeben hat. Der Nikolaustag wird am 6. Dezember gefeiert, dann stellt jedes Kind abends einen geputzten Schuh vor seine Zimmertür und in der Nacht verteile ich meine Gaben. Am nächsten Morgen sind die Schuhe gefüllt und die Kinder freuen sich.«

Giraffe: »Ich habe eine Idee. Ich lege mich mit meinem großen Körper auf eine warme Decke, lasse den Wolf an mich ankuscheln, stelle einen Schuh, den ich gefunden habe, an meinen warmen Körper und du befüllst ihn mit deinen leckeren Dingen. Damit bereicherst du unser Leben und Wolf und ich können friedlich die Dinge untereinander aufteilen. Ich träume schon von Süßigkeiten!«

Wolf: »Mein Maul fühlt sich auch ganz wässrig an vor lauter Vorfreude! Hallo Wolfram, mein Sohn. Hast du uns belauscht?«

Wolfram: »Hallo Papi, hallo Giri. Ich habe etwas von Süßigkeiten gehört. Wollt ihr mir nichts davon abgeben?«

Wolf: »Äähm, ja, äähm, eigentlich...«

Giraffe: »Natürlich teilen wir mit dir. Wir haben Respekt vor dir und möchten dein Vertrauen in uns verstärken.«

Nikolaus: »Ihr habt mich noch gar nicht gefragt, ob ich damit einverstanden bin. Das bin ich nämlich nicht. Ihr seid Tiere und solche Süßigkeiten verderben euren Tiermagen, also nix mit Süßigkeiten!«

Giraffe: »Wir möchten aber dazu gehören und bitten dich dafür um dein

Verständnis. Wenn ich du als Nikolaus wäre, würde ich dir mein letztes Hemd überlassen, egal, ob Mensch oder Tier.«

Nikolaus: »Du bist aber nicht ich und ich habe mich jetzt so entschieden. Wenn ihr meine Entscheidung nicht akzeptieren könnt, dann schickt eine Beschwerde an den Weihnachtsmann. Vielleicht kann der euch am Heiligen Abend helfen.«

Wolf, Wolfram und Giraffe besprechen sich.

Wolf, Wolfram und Giraffe: »In Ordnung, Nikolaus! Wenn du dir anmaßen kannst, darüber so zu entscheiden, werden wir uns beim Weihnachtsmann beschweren. Bist du bereit, dich zusammen mit uns und dem Weihnachtsmann zu treffen, sobald wir eine Rückmeldung von ihm haben und würdest du über deine Entscheidung nachdenken?«

Nikolaus: »Wenns denn sein muss! Euer Wunsch ist mir Befehl! Sehe euch dann beim Weihnachtsmann. Bis dahin!«

3. Weihnachtsmarkt in Bielefeld

Wolf und sein Sohn Wolfram, sowie die Giraffe fahren mit dem Zug und sitzen in einem geschlossenen Abteil mit sechs Plätzen. Draußen schneit es.

Wolfram: »Papi, wo fahren wir eigentlich hin? Zum Harry-Potter-Schloss?«

Wolf: »Nein, wir fahren nach Bielefeld zum Weihnachtsmarkt.«

Wolfram: »Das ist aber schade. Ich hätte mir gerne das Harry-Potter-Schloss angesehen. Außerdem: Bielefeld gibt`s doch gar nicht.«

Wolf: »Wer hat dir das denn erzählt? Das Harry-Potter-Schloss gibt es nicht, Bielefeld schon.«

Wolfram: »In irgendeinem Krimi, den du mir verboten hast zu gucken, haben sie das gesagt.«

Wolf: »Na ja, es wird viel dummes Zeug erzählt. Giri, was sagst du dazu?«

Die Giraffe kann sich kaum bewegen in dem Zugabteil. Sie hat drei Plätze für sich, ihr Hals ist trotzdem zu lang und sie schaut ein wenig missmutig auf die beiden anderen.

Giraffe: »Ich sage: Es gibt Bielefeld. Ich bin zur Zeit ein bisschen verspannt wegen meines Halses. Sobald wir in Bielefeld ankommen und aus dem Zug ausgestiegen sind, kann ich mich und meinen Körper entspannen und endlich wieder bewegen. Wir feiern ein bisschen unseren Mut, mit der Bahn gefahren zu sein, und jetzt besuchen wir den Weihnachtsmarkt und mischen uns unter die anderen Tiere.«

Wolf: »Tiere? Wieso Tiere? Du hast doch gesagt, da laufen hauptsächlich Menschen rum, die sich mit Glühwein, Lumumba und anderen Alkoholika betrinken und die glauben dann, dass wir eine Halluzination sind. Wenn mich einer anfasst, werde ich ihn beißen! Da freue ich mich schon drauf!«

Giraffe: »Wolf, also wirklich. Das Schöne an der gewaltfreien Kommunikation ist das Nicht-Bewerten. Es wird einfach nur beobachtet. Du sagst, dass sich die Menschen auf dem Weihnachtsmarkt mit Glühwein und anderen alkoholischen Getränken betrinken und uns dann als Halluzination wahrnehmen. Woher willst du das wissen? Hast du sie gefragt, als du das letzte Mal über einen Weihnachtsmarkt gegangen bist? Es reicht doch, einfach nur die Menschen dabei zu beobachten, was sie gerade tun, ohne diese Taten gleich zu bewerten und Diagnosen zu stellen.«

Wolfram flüstert der Giraffe, die sich zu ihm hinabgebeugt hat, ins Ohr: »Giri, du bist so schlau. Papi hat da aber so seine eigenen Ansichten, außerdem ist sein IQ bestimmt wesentlich geringer als deiner.«

Giraffe: »Wolfram, ich bin überrascht und bestürzt, wie du über deinen Vater sprichst. Hat er dich irgendwie verletzt oder gedemütigt, sodass dein Vertrauen zu ihm erschüttert wurde?«

Wolfram: »Er hat mich geärgert und zu mir gesagt, dass ich für mein Alter viel zu klein und dumm bin. Er hat mich nur zum Weihnachtsmarkt mitgenommen, weil er dir versprochen hat, dass ich mitkommen darf.«

Wolf: »Können wir jetzt endlich zum Weihnachtsmarkt gehen? Ich habe langsam Hunger und Durst.«

Giraffe: »Ja, wir gehen jetzt dorthin. Ich bitte euch, auf die Menschen Rücksicht zu nehmen und ihnen Respekt zu erweisen, damit wir willkommen sind.«

Wolf, Wolfram und Giraffe machen sich auf den Weg vom Bahnhof zum Weihnachtsmarkt. Es gibt viele Holzbuden, in denen Weihnachtsartikel ausgestellt sind, die gekauft werden können. Alle drei werden von den Menschen ängstlich angestarrt. An einer Bratwurstbude halten sie an.

Giraffe: »Guten Tag, lieber Mann. Mein Freund der Wolf, sein Sohn und ich möchten gerne unsere physische Existenz nähren und bitten Sie um jeweils zehn Bratwürste für jeden von uns.

Eigentlich bin ich Vegetarierin, aber heute will ich mir mal eine Ausnahme gönnen. Um meinen Hals hängt ein Täschchen mit Geld. Nehmen sie sich den entsprechenden Betrag, den wir zu zahlen haben, von dort heraus.«

Der Bratwurstbudenbesitzer starrt die drei mit offenem Mund an, legt aber gleichzeitig dreißig ungegrillte Würste auf den Rost.

Bratwurstbudenbesitzer: »Das macht 75 Euro.«

Er greift in die Tasche der Giraffe und nimmt sich das Geld, schüttelt dabei den Kopf und redet leise vor sich hin: »Das glaubt mir keiner! Eine Giraffe, ein Wolf und ein Wölfchen fressen gegen Bezahlung meine Bratwürste. Ich glaube, ich spinne allmählich!«

Giraffe, Wolf und Wolfram fressen die Würste innerhalb kürzester Zeit.

Giraffe: »Mann, sind die lecker. Ich bin glücklich und motiviert, mich öfter unter die Menschen zu mischen und mit ihnen zusammen zu feiern.«

Wolf: »Irgendwie hast du Recht. Wenn sie uns friedlich zusammen fressen sehen, haben sie keine Angst vor uns und fühlen sich sicher.«

Wolfram: »Papi, darf ich auch wieder mitkommen, wenn ihr euch nächstes Mal unter die Menschen mischt? Es ist so spannend!«

Wolf: »Das werde ich mir noch überlegen. Kommt drauf an, wie du dich zu Hause benimmst, Wolframkind.«

Giraffe: »Lieber Wolf, freue dich doch, wenn dein Sohn mit uns feiern möchte.

Wir können dann in Frieden untereinander und mit den Menschen leben.«

Wolf: »Das ist eine inspirierende Idee von dir und ich werde es mir überlegen. Jetzt weiß ich auch, dass es Bielefeld gibt und möchte mit euch wieder mit dem Zug in unsere Unterkunft zurück fahren.«

Giraffe: »Ich gehe zu Fuß, weil mir meine körperliche Unversehrtheit wichtig ist. Meine Halswirbel haben im Zug doch sehr gelitten. Ich sehe euch dann später.«

Wolf und Wolfram: »Ja, liebe Giri. Dann bis später!«

4. Beim Psychologen

Wolf, Giraffe und Batman stehen vor der Tür einer Psychotherapeutenpraxis. Batman hat Depressionen. Wolf und Giraffe versuchen, ihn zu einem Gespräch mit einem Psychologen zu ermuntern.

Batman: »Keiner mag mich. Ich bin so allein. Ich schaffe überhaupt nichts mehr. Ich bin einfach zu blöd und bekomme nichts geregelt. Ich mache alles verkehrt.«

Wolf: »Hör doch auf zu jammern! Das geht mir vielleicht auf die Nerven. Wir sind jetzt hier beim Psychologen. Der wird dir schon helfen. Es gibt schlimmeres als deine ewig gleichen Litaneien.«

Giraffe: »Also Wolf, wünschst du dir denn kein Verständnis und Mitgefühl, wenn du deprimiert bist?«

Wolf: »Klar, nur verstehe ich nicht, wo der Probleme hat. Das ist doch alles nur Pipifax. Dann regt er sich über irgendwelche Kleinigkeiten auf.«

Giraffe: »Du bewertest das als Kleinigkeit! Versetz dich doch einmal in ihn hinein. Batman, möchtest du die Unterstützung des Psychologen? Wir versuchen erst einmal mit ihm zu sprechen.«

Batman: »Okay. Im Moment bin ich für jede Unterstützung dankbar.«

Die Tür zum Gesprächszimmer ist geschlossen. Die Giraffe klopft mit einem ihrer Hufe.

Psychologe von drinnen: »Ja, bitte?«

Batman öffnet die Tür. Der Psychologe steht mit dem Rücken zu ihnen und sucht in seinem Regal eine Akte. Er dreht sich um und fällt fast auf seinen Stuhl, als er die drei vor sich sieht.

Giraffe: »Guten Tag. Unser Freund Batman hat Depressionen und benötigt Hilfe. Sind Sie bereit, ihn bei der Veränderung seiner Sichtweisen zu unterstützen?«

Psychologe fasst sich an die Stirn und murmelt: »Jetzt ist es soweit! Ich sehe sprechende Tiere und einen Vampir. Ich habe eine Psychose. Kein Wunder bei der ständigen Beschäftigung mit meinen kranken Klienten. Das hat jetzt auf mich abgefärbt. Vielleicht sollte ich den Beruf wechseln!«

Er hält sich die Hände vor die Augen. Nach einer Minute lugt er wieder hervor und sieht die Tiere immer noch.

Psychologe: »Wo ist meine Sekretärin? Frau Holle!! Hilfe! Ach, die hat ja heute frei, um ihre Betten auszuschütteln.«

Giraffe und Wolf schauen sich an und fragen sich insgeheim, ob sie wohl den passenden Psychologen für ihren Freund Batman ausgesucht haben. Ihr erster Eindruck vermittelt ihnen das Bild eines ebenfalls etwas merkwürdigen Menschen.

Giraffe: »Sehr geehrter Herr, ääh, Dings. Sie haben keine Psychose. Wir stehen leibhaftig vor Ihnen und möchten Sie einfach um Unterstützung bitten, weil wir uns Sorgen um unseren Freund Batman machen.«

Wolf: »Sie haben doch sicher schon mal von Batman gehört und wie elegant er immer gekleidet war. Schauen Sie sich ihn jetzt mal an: Schmutzige, stinkende Kleidung, Haare total fettig und lang, ohne seine komische Mütze und er redet nur noch negativ.«

Psychologe: »Hmm, jetzt habe ich mich ein bisschen beruhigt. Nehmen Sie doch Platz. Herr Wolf und Herr Batman, bitte benutzen Sie die beiden Stühle dort und wenn ich Sie bitten darf, sich auf dem Teppich niederzulassen, Frau Giraffe, aber bitte achten Sie darauf, dass mein Teppich trocken bleibt und Sie nicht versehentlich darauf urinieren.«

Giraffe: »Herr, ääh, Dings. Ich möchte Sie erneut fragen: Sind Sie bereit, unseren Freund Batman zu therapieren, damit er seine Gefühle und Bedürfnisse wieder wahrnehmen und so am Alltagsleben teilnehmen kann? Ich wünsche ihm, dass er Vertrauen zu Ihnen aufbaut und er sein Leben feiern kann.«

Psychologe: »Ich werde es versuchen. Herr Batman, zunächst müssen Sie in Ruhe zu Hause ein paar Fragebögen ausfüllen, diese wieder zu unseren Sitzungen mitbringen und dann werden wir sehen, ob die Chemie zwischen uns stimmt.«

Batman: »Hä, Chemie? So richtig sympathisch sind Sie mir jetzt nicht. Vielleicht sollte ich das alles lassen, hat sowieso keinen Zweck.«

Psychologe: »Das werden wir dann sehen. Ich möchte Sie bitten, mitzuarbeiten, damit es Ihnen bald wieder besser geht und Sie das Leben wirklich feiern können.«

Wolf: »Jetzt lass dich nicht lange bitten. Mach schon mit! Wir möchten doch alle, dass deine Depressionen verschwinden.«

Giraffe: »Lieber Batman, wir akzeptieren dich so, wie du bist und schätzen dich sehr. Ich und auch unser Wolf und der Psychologe möchten gerne zur Bereicherung deines Lebens beitragen. Nimm diese Chance wahr und wir werden sehen, ob du deine Werte und Ziele und auch deine Träume, die du dir vornimmst, wieder entwickeln kannst. Es wird wohl dauern. Versuche es einfach. Wir werden uns mit dir freuen, Schritt für Schritt.«

Batman: »Du sprichst so positiv, dass ich gar nicht anders kann als mitzumachen. Okay, Herr Psychologe, versuchen wir es.«

Psychologe: »Genau, versuchen wir es. Ich sehe Sie dann nächste Woche.« Flüstert zu sich selbst: »Ich glaube allerdings immer noch, dass ich einen an der Klatsche habe. Ich rede mit Tieren! Hilfe!!«

5. Giraffe als Statistin im Film

Wolf und Giraffe treffen sich auf der Lichtung des Waldes. Die Sonne scheint. Die Giraffe tanzt wild vor sich hin, lacht und freut sich.

Wolf: »Was ist denn mit dir los, Giri? Hast du `ne Million im Lotto gewonnen oder warum freust du dich so?«

Giraffe: »Ich bin so glücklich und beschwingt und begeistert! Ich könnte die ganze Welt umarmen.«

Wolf: »Jetzt komm mal wieder runter, Giri! Was ist los?«

Giraffe: »Ach, ich freue mich so, weil ich eine Statistenrolle in dem neuen

Star Wars Film VII bekommen habe, als tanzende Giraffe. Ich werde dort futuristisch geschminkt und mein ausdrucksstarker Körper wird von den Kameras entsprechend positiv dargestellt und viele Menschen lernen mich kennen. Ich fühle mich einfach wunderbar!«

Wolf: »Na ja, glaubst du wirklich, dass irgendjemand auf dich achtet? Die Kinobesucher möchten doch eher Action und Geballer sehen, vielleicht auch eine Giraffe, die von dem berühmten Luke Skywalker mit dem Schwert erstochen wird. Haha, und dann schneiden sie dich aus dem Film raus!«

Giraffe: »Sag mal, Wolf, wenn ich so höre, was du sagst, kann es sein, dass du genervt und neidisch bist, weil du selbst gerne in dem Film mitspielen und berühmt werden möchtest? Ich sehe mich schon Autogramme unterschreiben! Möchtest du auch bewundert werden und dann in der Schönheit des Augenblicks schwelgen? Ach, ich stelle mir das so erfüllend vor.«

Wolf: »Meine Güte Giri. Bleib mal realistisch. Freue dich, wenn dich hinterher überhaupt noch jemand erkennt. Außer mir wird das wohl keiner sein. Tss, Autogramme!«

Giraffe: »Jetzt bin ich ganz traurig, weil ich von dir ein bisschen mehr Wertschätzung erwarte. Für mich erfüllt sich ein Traum, auch wenn die Szene, in der ich mitspiele, vielleicht wieder herausgeschnitten wird!«

Die Giraffe weint und schluchzt. Auf der Lichtung erscheinen nun Batman und Wolfram, der Sohn vom Wolf.

Wolfram: »Hallo Papi, hallo Giri. Batman ist ein ganz toller Babysitter!

Der lässt mich spielen, was ich will! Oh Giri, warum weinst du denn?«

Giraffe: »Ich bin ganz traurig, weil ich mir mehr Verständnis für die Freude über meine Statistenrolle in Star Wars wünsche.«

Wolfram: »Was, du spielst in Star Wars mit? Das ist ja toll. Dann werde ich mich ins Kino schleichen und dich bewundern, ja, Batman? Das machen wir.«

Batman: »Meinen Glückwunsch, liebe Giraffe. Ich als Batman himself hatte dort die Hauptrolle meines Lebens. Ich gab Autogramme, verdiente viel Geld und jetzt? Was ist aus mir geworden? Ein Babysitter für Wölfe.«

Wolfram: »Na und? Du bist so ein toller Babysitter. Bei dir darf ich Schafe und Ziegen reißen, mir das Blut ablecken und das andere braucht Papi nicht zu wissen.«

Wolf: »Hm, ich habe wirklich so meine Bedenken bei dir, Batman. Nun gut, was ich nicht weiß, macht mich nicht heiß.«

Giraffe: »Ich bewundere dich, Batman. So ein berühmter Schauspielvampir darf den Wolf bei der Kindererziehung unterstützen. Allein damit trägst du zur Bereicherung des Lebens vom Wolf und von Wolfram bei. Wolfram scheint sich bei dir geborgen zu fühlen und das gibt ihm emotionale Sicherheit. Er hat Vertrauen zu dir und du zeigst ihm mit deinem Verständnis, dass er akzeptiert wird, so wie er ist. Außerdem bist du doch sehr kreativ und ich spüre im Zusammensein mit Wolfram Harmonie, Freude und Lachen. Was willst du mehr?«

Batman: »Wenn du das so sagst, bin ich ganz gerührt von deinen positiven Worten und ich freue mich auch, dass Wolfram so gerne mit mir zusammen ist. Ich habe ihm ein spezielles Körpertraining beigebracht. Vielleicht wäre das für deine Statistenrolle ebenfalls nützlich. Soll ich dich damit unterstüzten?«

Giraffe: »Das möchte ich später entscheiden. Ich habe heute Nachmittag noch einen Termin mit dem Produzenten des Films. Der möchte mit allen Statisten sprechen. Ich bin so aufgeregt! Ein Traum geht in Erfüllung! Tära!«

Die Giraffe tanzt wieder wild vor sich hin, lacht und freut sich.

Batman: »Versprich dir nicht zu viel davon. Wahrscheinlich wird er nur die Texte und Aufgaben verteilen, die jeder zu sprechen und zu erledigen hat. Viel Glück dabei.«

Wolfram: »Wirst du dann berühmt?«

Wolf: »Na ja, wenn sie die Szene mit Giri rausschneiden, wohl nicht. Aber auch nicht, wenn sie zwanzig Sekunden im Bild ist. Die Rolle ist doch sehr nebensächlich.«

Batman: »Mann, Wolf, jetzt hast du Giri wieder verletzt mit deinem Gerede. Freu dich doch einfach mit ihr, egal, ob ihr Auftritt wichtig ist oder nicht.«

Giraffe: »Danke, lieber Batman. Das hast du schön gesagt. Vielleicht inspiriert mich der Auftritt, mal bei einem Tierfilmer nachzufragen, ob er sich vorstellen kann, mich für eine Hauptrolle einzusetzen. Dann könnte ich giraffenkreativ sein. Jetzt heißt das Motto für mich erstmal: Dabei sein ist alles!«

Wolf, Wolfram und Batman klatschen und wünschen der Giraffe viel Glück!

6. Wolf ist krank

Giraffe und Wolf haben sich auf der Lichtung des Waldes verabredet, um zusammen spazieren zu gehen. Es ist Herbst und der Wolf liegt apathisch und teilnahmslos auf dem Waldboden. Die Giraffe kommt hinzu und beobachtet ihn.

Giraffe: »Hallo Wolf. Hier bin ich und möchte dich zu unserem gemeinsamen Spaziergang durch den Wald einladen. Bist du einverstanden?«

Wolf stöhnt: »Ich kann nicht. Mir geht es ganz schlecht. Ich habe Glieder- und Kopfschmerzen, mir läuft der Schleim aus der Nase und meine Ohren schmerzen. Mein Hals fühlt sich ganz dick an und jeder Schluck tut weh. Uää-äh! Ich bin so krank!«

Giraffe: »Wenn ich höre, was du sagst, brauchst du erstmal Schutz vor weiteren Bakterien und Viren, die dein Immunsystem bedrohen und auch Ruhe und ganz viel zu trinken. Ich gehe erstmal mit dir in meinen Unterschlupf, damit du dich dort ausruhen kannst. Ich werde mich um dich kümmern. Erstmal werde ich Batman und deinen Sohn Wolfram zu uns rufen, damit sie mir helfen können, dich in meine Unterkunft zu tragen. Wenn du alleine auf meinem Rücken sitzt, so schwach wie du bist, fällst du mir ja wieder hinunter und brichst dir noch deine Knochen.«

Wolf: »Einverstanden. Ich bin so schwach.«

Giraffe ruft ganz laut in den Wald hinein: »Batman und Wolfram! Kommt zur Lichtung! Ich brauche eure Unterstützung!«

Nach kurzer Zeit erscheinen Batman und Wolfram zusammen.

Wolfram: »Papi, Papi, was ist mit dir? Sa doch was. Bist du tot?«

Batman: »Wolfram, also wirklich. Der ist doch nicht tot. Sieh mal, wie seine Augenlider zucken und er sein Maul aufreißt. Wahrscheinlich tut er nur so, damit wir ihn schleppen können, am besten auf einer Trage.«

Giraffe: »Batman, du warst doch auch schon oft krank. Ich bitte dich, dem Wolf wenigstens ein bisschen Verständnis und Rücksichtnahme entgegen zu bringen.«

Batman: »Warum? Ich habe schlechte Laune und keine Lust, diesem Vieh da beizustehen.«

Wolfram: »Batman, was hast du denn? Eben hast du noch so lieb mit mir gespielt und jetzt bist du so böse. Das verstehe ich nicht! Bitte lass uns doch meinem Papi helfen.«

Giraffe: »Batman, kann es sein, dass du dich im Spiel verausgabt hast und jetzt erstmal ein bisschen Ruhe benötigst? Ich schätze es sehr, dass du sofort mit Wolfram zu uns gekommen bist und akzeptiere aus dein Ruhebedürfnis. Was hältst du davon, wenn du dich jetzt erstmal fünf Minuten ausruhen kannst, wieder in Harmonie mit dir selbst kommst und wir dann zusammen den Wolf zum Arzt bringen? Schau mal, er wird bleich und bleicher und ihm ist ganz heiß. Ich glaube, er hat Fieber.«

Wolfram: »Können wir das messen?«

Giraffe: »Nein. Das überlassen wir dem Arzt Herrn Dr. Hund, den kenne ich. Der behandelt sowohl Tiere als auch Menschen. Ich glaube, bei ihm ist dein Papi gut aufgehoben. Nach meiner bisherigen Erfahrung hat er sehr wenig Vorurteile gegenüber sprechenden Tieren. Er wird auch nicht ohnmächtig, wenn er uns alle gemeinsam sieht.«

Die Giraffe, Batman und Wolfram heben den Wolf auf einen dicken Baumstamm, auf dem er entspannt liegen bleiben kann. Nach einer Stunde stehen sie vor der Arztpraxis. Der Wolf fühlt sich mittlerweile noch heißer an.

Giraffe: »So, ich öffne mit meinen vorderen Hufen die Praxistür. Wolfram und Batman, ihr versucht jetzt, den Wolf vom Baumstamm zu heben und da vorne auf dem Fußboden hinzulegen.«

Die Sprechstundenhilfe starrt alle mit offenem Mund an, klopft an die Tür zum Arztzimmer und sagt: »Herr Doktor, hier sind ein paar Tiere, die zu Ihnen möchten.«

Dann fällt sie in Ohnmacht. Der Arzt kniet sich vor die Helferin und tätschelt sie an der Wange. Sie erwacht, steht auf und setzt sich wieder auf ihren Stuhl, während sie ihren Kopf schüttelt. Der Wolf liegt bewegungslos vor dem Arzt.

Arzt: »Wie kann ich helfen?«

Giraffe, Batman und Wolfram schauen sich an.

Giraffe: »Unser Freund der Wolf ist krank. Er hat Glieder- und Kopfschmerzen, Schluckbeschwerden, einen dicken Hals und ich glaube auch Fieber.«

Arzt: »Hallo, Wolf? Bitte mal das Maul öffnen. Ich möchte mir das Innere einmal anschauen.... Puh, das stinkt!«

Der Arzt untersucht das Innere des Wolfsmauls. Es ist gerötet und eitrig.

Arzt: »Na, hat die Großmutter nicht geschmeckt? Hoffentlich hast du das Rotkäppchen in Ruhe gelassen. Die Krankheit ist jetzt die Strafe.«

Giraffe, Batman und Wolfram: »Hä? Was ist los? Bitte klären Sie uns auf.«

Arzt: »Das war ein Witz. Kennt ihr das Märchen vom Rotkäppchen? Da frisst der Wolf ihre Großmutter.«

Die drei sind immer noch verwirrt.

Batman: »Was hat der Wolf?«

Wolfram: »Wird mein Papi wieder gesund?«

Arzt: »Aber natürlich. Er hat eine eitrige Mandelentzündung. Ich gebe euch Antibiotika mit, die soll er zehn Tage lang morgens und abends mit ganz viel Wasser einnehmen und auch noch, wenn es ihm besser geht. Es könnte sein, dass er Magen- oder Darmprobleme dadurch bekommt. Die Nebenwirkungen bei Tieren sind mir nicht bekannt.«

Giraffe: »Hätten Sie denn vielleicht auch etwas Homöopathisches? Zur Unterstützung der Selbstheilung habe ich damit hervorragende Erfahrungen gemacht.«

Arzt: »Ich bin Wissenschaftler und kein Esoteriker. Für mich ist die Homöopathie Hokuspokus. Entweder ihr vertraut mir und der Schulmedizin oder ihr sucht euch jemand anderen! Dann verschwende ich mein knappes Budget nicht noch.«

Giraffe: »Herr Dr. Hund. Ich vertraue Ihnen, wertschätze Sie und habe auch Verständnis für Ihre Situation. Sie haben ein sehr langes Medizinstudium und anschließend eine weiterführende Ausbildung hinter sich und möchten auch dementsprechend angemessenes Einkommen verdienen. Können sie sich vorstellen, dass sowohl die Schulmedizin als auch Naturheilverfahren heilen können? Es kann doch beides gleichwertig nebeneinander existieren und weiterhelfen.«

Arzt: »Das sehe ich anders. So, hier sind die Tabletten. Ich möchte mich jetzt um meine anderen Patienten kümmern. Auf Wiedersehen.«

Giraffe, Batman und Wolfram: »Auf Wiedersehen, Dr. Hund und vielen Dank.«

7. Wolfram und die Schule

Wolf, sein Sohn Wolfram und Giraffe treffen sich in der Grundschule für Tiere und möchten an einer Probestunde teilnehmen. Sie warten vor dem Klassenzimmer auf die Lehrerin.

Wolf: »Wie lange dauert es denn noch, bis die Lehrerin kommt? Es ist schon fast acht Uhr.«

Wolfram: »Papi, Papi, ich bin so aufgeregt! Ich freue mich auf die Schule, damit ich endlich rechnen und schreiben lernen kann!«

Wolf: »Freu dich nicht zu früh. Die Freude werden sie dir bald austreiben und dann bist du nur noch genervt und gestresst.«

Giraffe: »Also Wolf! Jetzt schau dir doch mal deinen Sohn an. Er ist so neugierig und motiviert, so viel Neues zu lernen. Er strahlt und hat Lust, diese Klasse zu besuchen und sich mit Freude auf das Neue einzustellen. Ich glaube, er würde sich über deine positive Unterstützung freuen. Ist das so, Wolfram?«

Wolfram: »Ja klar. Papi, wie warst du denn in der Schule?«

Wolf: »Ich habe mich gelangweilt und den Klassenclown gespielt. Das fanden meine Mitschüler toll. Leider konnte ich dabei nicht so viel lernen.«

Wolfram: »Das ist doch lustig!«

Wolf: »Die Lehrer fanden das gar nicht lustig. Einmal habe ich eine tote Maus über der Tür baumeln lassen und ein

Pupskissen auf den Lehrerstuhl gelegt. Wir, die Schüler, kriegten uns nicht mehr ein vor Lachen. Wolfram, das vergisst du aber sofort wieder! Du wirst die Lehrer nicht ärgern.«

Giraffe: »Ihr wolltet Spaß haben und du hast zur Bereicherung des Lebens deiner Mitschüler beigetragen. Leider hat dir der Respekt gegenüber den Lehrern gefehlt.«

Jetzt erscheint die Klassenlehrerin, eine große Elefantendame, Frau Mufflo, die kaum durch die Tür passt. Sie weist die drei an, ihr in den Klassenraum zu folgen und sich Plätze zu suchen. Im Klassenraum herrscht ein ohrenbetäubender Lärm. Papierschnipsel fliegen durch die Gegend und einige Schüler, darunter auch ein Meerschweinchen, klettern über Stühle und Bänke.

Frau Mufflo: »Ruhe! Ruhe! Ruhe!«

Sie trompetet mit ihrem Rüssel, um Aufmerksamkeit zu erlangen und dann ist alles still.

Frau Mufflo: »Guten Morgen! Ich möchte euch unsere heutigen Gäste vorstellen, die unsere Unterrichtsstunde beobachten möchten. Das sind Herr Wolf, sein Sohn Wolfram und Frau Giraffe. Wolfram wird bald die erste Klasse unserer Einrichtung besuchen. Ich hoffe, ihr benehmt euch! Unsere Gäste sollen von uns einen guten Eindruck bekommen. Ich sage euch, was ihr zu tun habt und ihr gehorcht mir. Verstanden? So, ihr schlagt jetzt Seite fünf von unserem Lesebuch auf und du, Amanda (das Meerschweinchen), liest uns fünf Sätze daraus vor. Anschließend folgt Gregor (ein Malteserwelpe) und immer so weiter, bis alle einmal drangekommen sind. Also los und blamiert mich nicht!«

Wolf, Wolfram und Giraffe unterhalten sich flüsternd.

Giraffe: »Ich glaube, unsere Elefantendame Frau Mufflo braucht viel Respekt gegenüber ihrer Person und auch ihrer Arbeit. Sie hat mir erzählt, dass sie sehr viel zu tun hat und keiner das sieht. Sie möchte Wertschätzung von ihren Schülern, den Eltern und den anderen Lehrern. Unterstützung und Verständnis sind ihr auch sehr wichtig. Auf die Bedürfnisse der einzelnen Kinder kann sie überhaupt nicht eingehen, da ihr die Zeit fehlt und einfach zu viele Kinder für eine einzige Lehrerin, die sie allein unterrichten muss, in der Klasse sind. Ich habe sehr viel Mitgefühl für sie.«

Wolf: »Hm, hört sich so an, als hättest du Recht, Giri. Alle leiden unter dem System, aber keiner kann es ändern.«

Wolfram: »Papi, die können ja schon so toll lesen! Das will ich auch! Damit kann ich Opa und Oma Wolf schwer beeindrucken! Ich bin so aufgeregt! Am liebsten würde ich jetzt gleich mitmachen!«

Wolf: »Das ist unmöglich. Du musst eben noch ein bisschen warten.«

Der Gong ertönt. Das heißt, dass die Unterrichtsstunde vorüber ist. Frau Mufflo ist schweißgebadet.

Frau Mufflo: »Hausaufgabe: Jeder liest zu Hause eine ganze Seite in unserem Buch. Wenn ihr das gemacht habt, sollen eure Eltern die Seite mit ihrem Namen abzeichnen, damit ich kontrollieren kann, ob ihr meine Aufgabe verstanden und erledigt habt. So, mein lieber Wolfram. Wie hat es dir denn gefallen?«

Wolfram: »Toll, ich will ganz schnell zur Schule gehen können. Das ist so aufregend!«

Wolf: »Mich hat es an meine Schulzeit erinnert. Bis auf die Lautstärke im Klassenzimmer hat sich nicht viel geändert. Eigentlich schade!«

Giraffe: »Ich bin in einem anderen Land zur Schule gegangen. Dort waren in einer Klasse viel, viel weniger Schüler, die sogar von zwei Lehrern unterrichtet wurden. Die Lehrer konnten auf die Bedürfnisse der Kinder Rücksicht nehmen und umgekehrt. Wir fühlten uns geborgen und angenommen, auch wenn es mal Konflikte untereinander oder mit den anderen Lehrern gab. Jeder hat zur Bereicherung des Lebens des anderen beigetragen. Auch die Lehrer wurden unterstützt und wertgeschätzt. Wir konnten uns gegenseitig inspirieren. Es wurde viel gelacht! Frau

Mufflo, ich wünsche Ihnen und den anderen Lehrern, dass sich Ihre Träume und Vorstellungen über eine verständnisvolle und von Vertrauen getragene Schule bald verwirklichen.«

Frau Mufflo: »Das wäre schön und viel befriedigender als die jetzige Situation. Manchmal werden Träume wahr! Wir werden sehen! Vielen Dank, Frau Giraffe.«

8. Giraffe und Wolf verreisen

Wolf, Giraffe und Wolfram, der Sohn des Wolfes, treffen sich vorm Schiffsanleger, um gemeinsam nach Fuerteventura zu fahren.

Wolfram: »Papi, Giri, ich bin so aufgeregt! Wir fahren mit dem Schiff auf eine Insel, toll! Wie lange werden wir denn unterwegs sein?«

Wolf: »Wahrscheinlich ungefähr vier Tage und Nächte, sofern kein Tsunami oder sonst irgendetwas Schlimmes, Vulkanausbruch, Erdbeben, Zyklon o. Ä. vorbei kommt.«

Giraffe: »Also Wolf, wenn ich höre, dass du so etwas sagst, scheint es mir, dass dir ein wenig Rücksichtnahme auf die Gefühle deines Sohnes fehlt. Er ist völlig begeistert von unserer Reise, ich wünsche mir, ass wir auf dem Schiff in Sicherheit sind und dem Kapitän insoweit vertrauen können, als dass er uns wohlbehalten und gefahrlos auf die Insel bringt. Ich träume schon seit vielen Jahren von einem Urlaub auf Fuerteventura und freue mich, zusammen mit euch dort unsere kleine Gemeinschaft und die Erfüllung dieses Traumes feiern zu können.«

Wolf: »Ja, ja und ich habe wieder meine negativen Bedenken, was alles während unserer Fahrt passieren kann. Ich war noch nie auf einem Frachtschiff und binein bisschen ängstlich.«

Wolfram: »Papi, du musst keine Angst haben. Ich bin doch bei dir und falls doch etwas passiert, gehen wir eben alle gemeinsam unter. Schau mal, es gibt dort auch Rettungsboote.«

Wolf: »Tsss, wenn sich Giri darauf fallen lässt, geht es eh gleich unter.«

Giraffe: »Schaut mal, der Kapitän winkt uns. Ich glaube, wir dürfen einsteigen. Der Matrose dort hält für jeden von uns einen Rettungsschwimmreifen bereit. Oh, meiner sieht aus wie der Reifen eines riesigen Lastwagens. Na ja, ich bin ja auch sehr groß.«

Die drei gehen über eine Holzbrücke auf das Schiff, erhalten ihre Schwimmreifen und werden vom Kapitän begrüßt.

Kapitän: »Guten Tag, meine Lieben. Unser Matrose Eberhard zeigt euch eure Unterkunft für die Zeit der Überfahrt. Ihr werdet in einem großen Container untergebracht, damit die Giraffe genügend Platz hat. Eberhard wird euch jeden Tag euer Fressen und Trinkwasser bringen. Sobald wir den Schiffsanleger auf Fuerteventura erreichen, gebe ich euch Bescheid. Sofern das Meer sehr unruhig wird, bitte ich euch, zu eurer eigenen Sicherheit im Container zu bleiben und auf meine Anweisungen zu warten. Der Wetterbericht lässt allerdings auf gutes Wetter hoffen, sodass wir, wenn alles gut geht, in vier Tagen dort sein werden. Macht es euch bequem!«

Wolf, Giraffe und Wolfram: »In Ordnung, Chef!«

Das Frachtschiff legt ab und fährt ohne Probleme die nächsten vier Tage über den Atlantik nach Fuerteventura.

Kapitän: »Hallo Ihr drei! Aufwachen! Wir sind gleich da. Wenn ihr unsere

Ankunft nicht verschlafen wollt, kommt aus eurem Container heraus!«

Wolfram steht als Erster auf der Reling.

Wolfram: »Papi, Giri, schaut mal! Da vorne ist ganz viel Sand und das Meer schimmert richtig grün! Ich kann ein paar Fische erkennen! Ich bin so aufgeregt!«

Giraffe: »Wolfram, ich teile deine Begeisterung. Dort sieht es fast so aus wie in der Savanne, in der ich früher gelebt habe. Da schwimmen Menschen im Wasser. Kinder lachen und freuen sich. Ich kann sie bis hierher hören. Ach Leute, das wird ein schöner Urlaub in Gemeinschaft! Wir unterstützen uns gegenseitig beim Schwimmen lernen, jeder hat Verständnis für den anderen, wir freuen uns und lachen und genießen die Sonne. Hier ist es friedlich. Herrlich!«

Wolf: »Naja, das Wasser ist ein bisschen kalt und einen Wald gibt es hier anscheinend auch nicht. Fische mag ich nicht und die Sonne brennt mir auf den Pelz. Wie lange willst du hierbleiben? Bei so viel Sonne werde ich apathisch und lethargisch. Herr Kapitän, wann fahren Sie wieder zurück?«

Kapitän: »Morgen. Wir füllen unsere Vorräte auf und übernachten hier. Falls einer von euch oder ihr alle wieder mit zurückwollt, müsst ihr morgen früh um sechs Uhr hier sein. Ansonsten bin ich erst wieder in vierzehn Tagen vor Ort.«

Wolf: »Ich bin morgen früh hier und fahre mit zurück. Ich halte das keine vierzehn Tage aus. Wolfram, wenn du bei Giri bleiben möchtest, darfst du das, vorausgesetzt, Giri überlegt es sich nicht wieder anders und möchte auch mit zurückfahren.«

Wolfram: »Giri, du bleibst doch, oder? Dann sind wir zwei mal ganz alleine, ohne Papi, und wir können tun und lassen, was wir wollen. Tolle Aussichten!«

Giraffe: »Ich freue mich, vierzehn Tage mit dir zu verbringen und zur Bereicherung unseres Lebens beizutragen. Vielleicht können wir die Menschen dazu bringen, zusammen mit uns in Frieden und Harmonie zu feiern. Ich erinnere mich daran, dass bald ein Fest stattfindet, das Fest der Virgen del Carmen. Dabei wird eine Statue, die die Carmen darstellen soll, während einer Prozession zu einem mit Blumen und Fähnchen geschmückten Fischerboot getragen und eine Weile am Hafen und dem Strand entlanggefahren, um für einen ausreichenden Fischfang und den Segen der Insel zu bitten.«

Wolfram: »Das ist spannend! Ich freue mich so, mit dir hier zu sein. Tschüss Papi und bringen Sie meinen Vater wieder wohlbehalten nach Hause, Herr Kapitän. Wir sehen uns dann in vierzehn Tagen!«

Alle verabschieden sich voneinander und freuen sich auf ein glückliches Wiedersehen.

9. Hochzeit

Nach einigen Überlegungen haben Wolf und Giraffe beschlossen zu heiraten. Sie möchten ein Vorbild für die Welt sein trotz ihrer sehr unterschiedlichen Kommunikationskultur. Wolfram, Wolfs Sohn und Batman, Freund und Vertrauter der beiden sind die Trauzeugen. Sie treffen sich an einem Freitag, den 13. vor dem Standesamt. Wolf trägt einen schwarzen Anzug mit einer sehr kurzen weißen Krawatte, die zum Glück nicht auf den Boden fällt, sondern genau passend in der Hälfte zwischen seinem Kopf und den Läufen abgeschnitten wurde. Giraffe trägt einen weißen Ohrhut und einen weißen spitzenbesetzten Umhang. Sie hat eine einzelne blühende Blume mit einer Haarnadel an ihrem Ohr befestigt. Ihre obligatorische Tasche hängt um ihren Hals.

Wolfram: »Wow, Giri! Du siehst ja richtig toll aus heute! Machst du das alles für meinen Vater?«

Giraffe: »Aber natürlich, Wolfram! Es soll doch der schönste Tag in meinem und deines Vaters Leben werden. Ach, ich bin so glücklich! Die Sonne scheint und die Liebe zwischen deinem Vater und mir werden wir mit unserer Heirat feiern!«

Batman: »Glaubst du wirklich, du wirst mit dem da glücklich? Seine Kommunikation wäre für mich doch immer wieder ein Trennungsgrund.«

Giraffe: »Aber nein, Bati. Wolf hat schon so einiges über und mit gewaltfreier Kommunikation gelernt. Ich bin sehr zuversichtlich, dass er weiterhin mit meiner und der Unterstützung der anderen Teilnehmer seine Akzeptanz ausbauen wird. Ist doch so, lieber Wolf?«

Wolf: »Natürlich, meine liebe Giri. Ich werde mich bemühen, meine Kommunikation zu verbessern. Mittlerweile habe ich schon viel über Gefühle und Bedürfnisse erfahren. Giri, du bist ein echtes und ehrliches Vorbild.«

Giraffe: »Ich danke dir, lieber Wolf.«

Der Standesbeamte tritt vor die Tür: »Trauung bzw. Eheschließung Wolf und Giraffe? Bitte kommen Sie in unser Trauzimmer und nehmen Sie Platz.«

Die Giraffe setzt sich auf den Teppich. Batman stellt sich neben sie. Wolf nimmt auf einem passenden Stuhl Platz und Wolfram zappelt ein wenig auf seinen vier Läufen neben dem Stuhl. Der Standesbeamte ist ein wenig irritiert und fragt:

»Sind Sie sicher, dass Sie sich trauen lassen wollen?«

Er schüttelt etwas ungläubig den Kopf. Wolf und Giraffe. So etwas hatte er noch nie. Aber für alles gibt es ein erstes Mal.

Giraffe und Wolf gleichzeitig: »Natürlich wollen wir uns trauen lassen!«

Standesbeamter: »Nun gut. Dann können wir beginnen. Liebe Brautleute, liebe Trauzeugen, weitere Bekannte sind nicht hier. Ist das so richtig und in Ordnung?«

Der Wolf verdreht die Augen: »Wenn es nicht so richtig wäre, hätten wir wohl ein paar Leute mehr mitgebracht. Sie können jetzt loslegen. Bin schon ganz gespannt!«

Standesbeamter: »Liebe Brautleute, liebe Trauzeugen. Wir haben uns heute hier versammelt, um die Eheschließung von Wolf und Giraffe zu besiegeln. Eine Ehe ist ein gegenseitiges Versprechen, sich in guten und in schlechten Tagen, bei Gesundheit und Krankheit, zu unterstützen. Respekt und ein liebevolles Miteinander sind hier gefragt. Die Ehe ist eine Gemeinschaft, in der Rücksichtnahme und Vertrauen gefragt sind. Jeder trägt zur Bereicherung des Lebens des anderen bei. Die Giraffe wird vom Wolf so akzeptiert, wie sie ist und auch der Wolf wird von der Giraffe so akzeptiert, wie er ist. Verhaltensweisen, die den anderen stören, müssen angenommen werden. Jeder einzelne kann nur sich selbst verändern, von anderen wird er nicht geändert. Wenn dies nicht akzeptiert wird, kann es manchmal zum Krieg zwischen den Eheleuten kommen. Versuchen Sie, Unstimmigkeiten zu klären und einen Kompromiss zu finden, der beiden entgegenkommt. Gegenseitiges Verständnis, Freude und Lachen sind gute Voraussetzungen, um eine harmonische Ehe zu führen. Ich wünsche Ihnen alles Gute.«

Giraffe und Wolf gleichzeitig: »Vielen Dank.«

Standesbeamter: »Sie müssen hier Ihren Hufabdruck als Nachweis hinterlassen, Frau Giraffe und Sie Ihren Pfotenabdruck dort, Herr Wolf. Herr Batman, Sie unterschreiben daneben und Ihr Sohn, Herr Wolf, neben Ihrem Abdruck. So, jetzt ist alles besiegelt! Herzlichen Glückwunsch!«

Giraffe stürzt sich auf den Wolf und gibt ihm einen lauten Schmatz!

Wolf: »Nicht so stürmisch, Giri. Du machst mir ja einen Knutschfleck!«

Giraffe: »Das wollte ich doch auch, hihi! So, Wolfram und Batman, jetzt lasst uns das Essen genießen. Ich habe etwas sehr Leckeres für uns alle bestellt. Jeder wird auf seine Kosten kommen, also lasst uns auf die Lichtung in unserem Wald gehen und picknicken.«

Wolf: »Hast du das so geplant, Giri? Der Sonnenschein passt prima und du hattest wirklich eine gute Idee.«

Alle vier marschieren zu der Lichtung im Wald, breiten dort ihre Picknickdecke aus und lassen sich nieder. Das Essen wurde gerade angeliefert. Alle sind begeistert und lassen es sich schmecken. Zur Feier des Tages gibt es sogar Wein für alle.

Wolfram: »Giri, hast du auch an Cola gedacht? Ich mag keinen Wein.«

Giraffe: »Aber das weiß ich doch, Wolfram. Da vorne liegt eine große Flasche. Nimm sie dir einfach.«

Batman: »Gibt es auch Zigarren? Das wäre heute mal eine echte Bereicherung für mich!«

Giraffe: »Auch daran habe ich gedacht. Da vorne liegt eine Zigarrenschachtel mit echten kubanischen Zigarren.«

Batman: »Wow, super!«

Wolf: »Was für eine Überraschung gibt es denn für mich, deinen neuen Ehemann? Ich hoffe, du hast auch etwas Spezielles für mich.«

Giraffe: »Nun ja, das ist ein bisschen schwierig. Ich habe dir ein Buch über gewaltfreie Kommunikation besorgt, damit wir unsere Verbundenheit in Frieden üben und unser gegenseitiges Vertrauen feiern können. Unsere Ehe wird ein Geschenk sein. Wir sind so unterschiedlich. Unterschiede werden auch als Bereicherung wahrgenommen und wenn jeder auf seine Gefühle und Bedürfnisse achtet, wird schon alles gut gehen und wir verbringen unsere goldene Hochzeit in Schönheit, Frieden und Harmonie. Es gibt kein entweder oder, sondern ein sowohl als auch. Rechthaberei und Besserwisserei werden abgeschafft. Das ist sowieso anmaßend. Keiner kann behaupten, dass er immer Recht hat. Die jeweiligen Sichtweisen sind entscheidend.

Wolf: »Da hast du Recht, liebe Giri. Lasst uns feiern! Auf unsere Ehe! Prosit!«